CRIMEN SIN DELITO

WALTER ELÍAS ÁLVAREZ BOCANEGRA

Crimen sin delito

Regresó como se fue, caminando, tres días de caminata desde la otra provincia, y se subió al bus en la salida del pueblo, arriba del río Tablachaca. Iba a entregarse voluntariamente a la justicia en el mismo Penal de Cambio Puente, en el litoral, Timoteo terminaba de cometer, muy a gusto, dos asesinatos más, había logrado lo que quería. Se sentó muy contento en la penúltima fila libre de la derecha del bus, y cuando el vehículo descendía en convergencia con el río su mirada se perdió en la triangulada ladera muy sumido en sus recuerdos.

Por la calcinada ladera las piedrecillas rodaban y las chamanas se estrujaban mientras presurosas se desplazaban las dispersas cabras a reunirse con la manada, el sol se disponía a penetrar en la montaña occidental y por abajo, por el ancho vado del río Tablachaca, apareció un hombre con el pantalón remangado hasta los muslos, Timoteo lo seguía con la mirada fija, sorprendido por aquella humana aparición, esa tarde mientras preparara su merienda por fin podría conversar con aquel hombre, por fin podría alegrarse departiendo con él, así lo deseaba y haría todo lo posible y hasta lo imposible para retenerlo. Rara vez llegaba por ahí humano viviente, rara, muy rara, salvo la dueña cuando tenía que vender alguna partida de ganado. Timoteo pastoreaba las cabras de un una mujer que vivía más arriba, como a quince kilómetros, en un pequeño pueblo andino de antigüedad incalculable.

–¡Hola, amiguito! –saludó Timoteo a la distancia y a todo pulmón a su potencial visitante– por allá amiguito, por esas pitajayas, por ahí viene el camino.
–¡Ahhhhhh! –exclamó el gordiflón en señal de agradecida respuesta.

Mientras lo esperaba, Timoteo recordó aquel día que pasó por ahí por esa cabaña que entonces la habitaba, y pasó hasta la rivera y más abajo aun siguiendo el curso de las aguas con dos compañeros novatos para lavar el oro yaciente en el cauce del río. Los experimentados buscadores de oro tenían otro camino, más corto y más inmediato a la carretera, pero los novatos se inquietaron por su brillo en el pueblo de arriba mientras bebían aguardiente en una pulpería, los dos pueblerinos le hablaron de la faena y del precio del metal "Te sacas un gramo diario, cinco veces más de lo que te pagan aquí como peón". Así, convencido del suculento negocio, bajó con sus dos socios rumbo a la rivera con una enorme mochila cada uno, con los molidos, la sal y el azúcar para alimentarse y encima de la mochila la barreta y la lampa, y un pellejo de chivo maduro para retener las minúsculas partículas del metal. Bajar por la escarpada pendiente con tremendo cargamento para quince días le produjo vómitos, tantas arcadas que por fin optó por exclamar "¡Me llama el divino!", y se tiró al suelo de largo en largo que sus compañeros tuvieron que compartir su cargamento para poder llegar a la misma rivera, mientras Timoteo les contaba una historia de su pacto sostenido con Dios para entretenerlos. "El Taitito me ha pedido que no cargue mucho peso y si me descubre cargando como ahora me llamará a su lado para vivir sin hacer nada, y yo todavía no quiero ir porque tengo que hacer algo". Y apenas llegaron, sobre la marcha empezaron a improvisar el campamento pircando piedras hasta una altura de ochenta centímetros, de ancho hasta las rodillas, y de largo lo suficiente para que pudiesen entrar los tres con mochilas y todo, tendieron un plástico como techo y, ¡vivienda arreglada!. Le resultaba muy desagradable recordar todo aquello de esa vez en que sacaron medio gramo por día entre los tres, ahora, como pastor, tenía una pequeña cabaña arriba de la rivera con tarima y fogón incluidos y un perro de compañía, una cabaña que había albergado a muchas generaciones de pastores. Tenía la cabaña y la comida aseguradas, molidos, papas y maíz que le entregaba su patrona y que el mismo subía para bajarlos desde el pueblo, aunque ya llevaba meses sin comer carne, no había muerto cabra alguna, y él, tan honrado como era, no sacrificaría una por propia iniciativa.

El caminante salía por el escabroso camino, entre cactus y chamanas, de aquí para allá de allá para acá, se aproximaba a la cabaña mientras el perro lo ladraba. Timoteo no quiso recordar más esos días ni esas noches que pasó en la rivera para lavar oro y se concentró en la figura de su potencial visitante que, de dónde vendrá este pequeño amiguito, tan gordito como está qué difícil le resulta caminar, lo convenceré para que se quede, le daré de comer y se quedará, si pero no, ¿y si es uno de esos terrucos?, ¡me jodí!, ¡hoy me mata!, ¡ay

Diosito!, no permitas que así sea. Y viene con zapatos, y yo con estos zurcidos y estos llanques desde que llegué, seis meses ya, ¿que traerá envuelto en su poncho como quipe?.

Timoteo llevaba unos llanques tan desgastados que el talón besaba el suelo, el pantalón y chaqueta de lana de carnero artesanales y zurcidos pedían ser cambiados a gritos. Sólo había cambiado la camisa de lana por una vieja camisa de dril que su entonces patrona le regaló y que ajustaba dentro del pantalón con una faja de lana de tres metros de largo.

Llegó y Timoteo le extendió la mano presentándole a su perro sin apartar los ojos del quipe, en seguida lo invitó a sentarse en una piedra cerca al fogón.

–¡Anay! –exclamó el visitante mientras se quitaba el quipe para ponerlo a su costado y agregó–, con tremendo peso casi que no llego, ¡¡jajajaja!.

Timoteo, intrigado por lo que había dicho el recién llegado, atizó el fuego y la pequeña olla de barro empezó a cloclear una sopa de molidos con unas papitas peladas a cuchillo y cortadas en pedacitos. El crepúsculo se apagaba y el fuego iluminaba, Timoteo aproximó un tronco de molle hasta el fogón y se sentó, su mirada se dirigió al quipe del forastero mientras éste lo desenvolvía para liberar su poncho dejando al descubierto un paquete envuelto en un costalillo blanco. Estirándose manoteó en el bolsillo interno de su chaqueta y extrajo una taleguita de coca cortada y bien compactada para ofrecerle un bolo a Timoteo en muestra de agradecimiento y amistad. Timoteo aceptó muy de buena gana, y luego que el forastero se chantó el poncho empezaron una charla respecto a la coca, que dónde era mejor, que si del Marañón o de Usquil. ¡Del Marañón!, del Marañón es la mejor sólo que a veces te venden lavada, ¡después de haber sacao la pasta!, pero se conoce, cuando está lavada la hoja pierde su color y sabor, en cambio cuando no está lavada es verdecita, media amarillita, qué rica, bien rica, amiguito, ¡sí, mi amigo!, así es pue sino dígame cómo está la que ley invitao, ¡buena amiguito!, muy buena, paque es pue.

—A propósito amiguito, yo me llamo Timoteo Masa, Timoteo Masa Rueda, ¿y usted?, amiguito.
—Yo Pablo, Pablo Centurión, pero de apellido no de cintura.

Y Pablo y Timoteo siguieron charlando de la coca, de la cal, de las catipadas para adivinar la suerte, pero a Timoteo no se le iban los ojos de encima del quipe de Pablo.

—¿Qué llevas en el quipe, amiguito?.
—Más coca, ¡jajajajajaja!.
—A ver, quiero mirala.
—Mañana, ahora ya está de noche.

Y claro que se estaba haciendo noche, las cabras madres se acomodaban en el redil llamando a sus crías, mientras los machos se disputaban los emplazamientos más atractivos, y el perro Motoso ahí, afuera del redil, no cesaba de darle vueltas mientras ladraba, y de cuando en cuando se posaba sobre sus ancas para aullar.

Timoteo colgó la geta en muestra de descontento, sin dejar de ser solidario.

—A comer algo, amiguito —dijo Timoteo, casi ordenando y bajando los platos desde un pendiente tabladillo de delgados maderos atrincados con cabuyas.

Meneó la olla con el negruzco cucharón de palo y empezó a servir el primer plato para Pablo, el segundo para el perro y el tercero para él. Pablo lo recibió de muy buena gana.

–Gracias, amigo, pero no te molestes, ¿qué he dicho que no te ha gustao?.
–Nada, sólo que no me quieres enseñar lo que tienes en tu quipe.
–¡Coca!, ya te dije, mañana te daré un poco, ahora sólo quiero dormir en este corredorcito.

Timoteo, se puso triste y rabioso a la vez, su curiosidad por saber lo que había en el quipe quedó frustrada, la posibilidad de que fuera coca lo que contenía el quipe le llenaba de felicidad y sonreía al imaginarla porque la ración se le agrandaría y no tendría que mezclar lo poco que le quedaba con hojas de chamana, pero, y qué si no era coca, sólo de pensarlo su rostro se degradaba. Esa noche no dormiría, se conocía demasiado, tuvo miedo de aquel pequeño gordiflón chacotero, tuvo miedo, claro que sí, y ahora ¿dónde dormiría su visitante?, ni modo que en la tarima junto a él, ¿dónde tendería la gruesa carona para el amigo?, en el suelo, claro, dónde más, no había otra tarima sólo una en la que él dormía sobre dos gruesas caronas apuntaladas, ahora prescindiría de una para ofrecerla a Pablo, en el suelo, pero, ¿dentro o fuera de la cabaña?, afuera mejor y yo me tranco muy bien con la barreta, y si empuja la puerta, ¡me jodí!, mejor que se duerma el en suelo y junto a mi tarima, mejor en el suelo y lejos de mí. Timoteo estaba super confundido que no había captado el deseo de su visitante por quedarse en el corredorcito, y terminó tendiendo la carona afuera, bajo el pequeño techo saliente de barro de la cabaña, y aturdidamente la terminó de tender a eso de las nueve de la noche cuando la luna aparecía por el oriente e ingresaba su luminosidad por la ventanita hasta la cabecera de la tarima. Tendió la carona afuera y le entregó una frazada raída, le dio las buenas noches y después de trancarse con la barreta se acostó. Y le asaltaron los recuerdos del primer día en el pueblo de arriba, zozobrado, escondiéndose de los policías, buscando trabajo a cambio de comida, llegó desde allá, desde las alturas de Chingalpo en la otra provincia arriba del río Marañón, tres días después que le dio una tremenda pateadura a su mujer dejándola semimuerta, muerta para él, ¡eso creía!, en la chocita de la puna donde vivía, donde sobrevivía pastoreando el ganado del mejor comerciante del pueblo. Así fue, pues, su mujer era joven y hermosa y por eso con rabia la pegó hasta matarla, pero no la mató, la dejó tirada, abandonó la choza y se quedó en la choza abandonada de más arriba para vigilarla desde ahí hasta que llegara el comerciante con las vituallas para la quincena. Y sucedió que el comerciante llegó aquel día con su mujer y sus dos hijos y encontró a la mujer de Timoteo recuperándose de la pateadura, la sacaron caminando de la choza y la subieron sobre la mula del comerciante ante la incrédula mirada de Timoteo que no le quedó otra salida que huir. Y a su mujer la llevaron hasta el precario hospital del pueblo donde rápidamente se recuperó y declaró que los terrucos se llevaron a Timoteo porque era de ellos, y a ella lo masacraron mientras la culpaban de traicionar a su marido con el dueño del ganado, cuento que todos los que la escucharon se lo tragaron completito.

Acostado sobre la tarima se quedó recordando el incidente de la puna hasta la madrugada, tan concentrado en sus recuerdos que los desesperados ladridos de Motoso, a eso de la media noche, pasaron desapercibidos por él. Entonces ya de madrugada lo asaltó la idea de que el hombre que dormía afuera podría estar tramando ingresar a la cabaña para matarlo, no podía permitirse morir entonces, tenía que vivir, aún tenía que vivir porque aún no había logrado su objetivo, no aceptaba eso de morir para que otros vivieran, quería su parte en este mundo, y lo lograría. Esa noche quería estar seguro de que el visitante no era un terruco que lo mataría, él sabía que los terrucos mataban y asunto arreglado, no le preocupaba el porqué ni el para qué, sólo le preocupaba el qué hacer y el porqué en caso de que quisieran matarlo. Y como tenía que seguir viviendo salió cuchillo en mano para asegurarse de que así sería, abrió la puerta sigilosamente, el visitante roncaba plácido, completamente dormido por el cansancio, con el misterioso quipe de cabecera. Timoteo se inclinó para jalar el quipe en el que posiblemente se encontraría el arma homicida, y al jalarlo ¡el durmiente se puso de pie de un salto para sujetar su paquete!, Timoteo le clavó una estocada en el abdomen y con ambas manos en el cuello dio cuenta de aquel hombre que terminó cayendo pesadamente en el suelo, y Timoteo encima de él. Se aseguró de que su indefenso contrincante estuviera bien muerdo y lo arrastró hasta un rincón de la cabaña, volvió por el quipe y lo colocó junto al cadáver, trancó la puerta con la barreta y se quedó regocijadamente dormido.

Las cabras abandonaron el redil a eso de las nueve de la mañana y Timoteo empezó a estirase y a dar gracias a Dios por el nuevo día. Dirigió la mirada al cadáver, y

— ¡Buenos días amiguito!, eso te pasa por querer matarme.

Se levantó y lo primero que hizo fue examinar el quipe del difunto, ¡lo encontró!, efectivamente con coca y dentro de ella un fajo con muchos billetes de todas las denominaciones, pero, además un paquete de un kilo de pasta básica de cocaína. No sabía cuántos ni de cuánto, pero sí sabía que eran billetes, sus ojos se desorbitaron al contemplarlos y su mente empezó a cautelarlos, y los ató en viejas bolsas plásticas para enterrarlos en una esquina exterior de la cabaña. Cogió el cuchillo y en una de las piedras del fogón lo frotó repetidas veces hasta entregarle un buen filo cortante e inmediatamente empezó a quitarle las ropas al difunto para seccionarlo, y un crucifijo de oro en cadena del mismo metal asido al cuello del infortunado llamó su atención y se detuvo en su empeño examinándolo minuciosamente. No había visto uno semejante, qué lo iba a ver si nunca conoció una esvástica, sin embargo ahí se quedó petrificado y luego se persignó para continuar con su tarea, delicadamente quitó el crucifijo y se colocó al cuello. El bolsillo derecho de la chaqueta llamó su atención por lo pesado del contenido, manoteó dentro de él y extrajo un revólver 38 de rutilante cacha en la que se enmarcaba en alto relieve una S en forma de ángel cruzada sobre otra en forma de serpiente, sin duda una esvástica, ¿oro?, Timoteo quedó paralizado, jamás había visto oro semejante, y cuando volvió en sí siguió buscando en los bolsillos de la chaqueta, en el izquierdo encontró una potente linterna de mano, y en el interno un estuche de cuero con documentos personales que él ignoraba por no saber leer. Escondió el revólver envuelto con el crucifijo en una abertura de la pared externa de la cabaña y los tapó con barro y piedra, entonces se justificó de razón, ese hombre tenía el arma y quería matarlo, ese muerto que no era tan gordo ni tan pequeño como cuando estaba vivo porque lo desinfló con el cuchillo y se estiró mientras moría. Y no obstante haberse justificado de razón se armó la confusión dentro de sí. Pero qué importaba eso, él estaba vivo y el otro muerto eso era lo importante, y lo más importante para él, entonces, era desaparecer el cuerpo del delito, que si lo encontraban los otros terrucos lo destrozarían a balazos, y procedió a descuartizar al difunto. Extrajo las vísceras y las cargó en un saco juntamente con la pasta básica y el estuche de documentos hasta el río, dónde tranquilamente las lavó y arrojó el kilo de pasta y el estuche en la parte más estrecha y alejada del torrente. Regresó y extendió las vísceras en un cordel de cabuya instalado afuera de la cabaña. Luego fue sacando uno a uno los miembros hasta el batán donde hábilmente los fileteaba para secarlos en el tendedero, finalmente, la cabeza entera la colocó en una gran olla de barro para cocinarla. A eso de las dos de la tarde se desayunaba junto con su perro con el suculento caldo de cabeza humana. Luego puso la cabeza sobre el batán y de ella extrajo los ojos y la lengua y se los comió, cogió el machete y de un certero golpe abrió la cabeza en dos y la entregó al perro para que se lo comiera, el perro devoró los sesos y se llevó el cráneo abriéndose paso entre los matorrales. En seguida llenó en la misma olla las manos y pies del cadáver y atizó el fuego con unos leños de molle. A eso de las seis de la tarde y después de echar de menos las cabras en el redil, cogió la coca del difunto y se puso a rumiarla hasta la medianoche, hora en la que tomó su caldo de manos y pies y se acostó. Al siguiente día, después de entregar un gran hueso a Motoso, mientras se echaba la armada cocinaba los filetes más apetecibles del muerto, y cuando la olla empezó a hervir se desnudó por completo, cogió con la mano derecha el cucharón de palo y con la otra el cuchillo y empezó a interpretar su propia danza de agradecimiento por lo vivido, emitiendo guturales sonidos infernales. De cuando en cuando se dirigía a la olla e introducía el cuchillo para probar la cocción de la carne, y como el difunto no pasaba de los cuarenta no tuvo que esperar mucho para saborear completamente aquello, y se engulló los hervidos músculos voraz y desesperadamente como si fuera la última vez que lo hacía, y barriga llena se tendió panza arriba bajo la sombra de un molle y se quedó dormido hasta el crepúsculo.

Una semana después, cuando el sol calentaba desde el mismo centro del cielo, llegó Serafín Puntiagudo, el eterno policía del pueblo, hasta la cabaña, y al ver unas provocativas cecinas en el tendedero le pidió a Timoteo que le asara esas carnes pre cocidas por el sereno y el sol, y las degustó.

–¿Tienes plata que me prestes? –preguntó el policía.

–Dionde pue taitito, ¡dionde! –respondió Timoteo.

–Se ha perdido un comerciante –comentó el policía mientras saboreaba la carne asada.

–Yo he comido amiguito.

–¡JAJAJAJA! –carcajeó el policía– sólo un loco comería carne humana.

–Enton, somos dos.

El policía respondió con otra carcajada y se encaminó a buscar venados. Mató uno en aquel atardecer, y cuando cayó el venado Timoteo llegó corriendo hasta el animal, lo tomó por el cuello, lo abrazó y lloró desconsoladamente, mientras el policía festejaba su presa entre risas y anécdotas de cacería, Timoteo lloró hasta la última lágrima y de un brinco se paró y clavó su mirada en el orgulloso policía para decirle:

—Yo, Timoteo Masa Rueda, te condeno al fuego eterno por matar a este pobre amigo que nada te ha pedido, hoy dime, ¿qué tea quitao este pobre animal, mal nacido?.

El policía encañonó a Timoteo y Timoteo se arrodillo ante él.

–¡No me mates por favor! –clamó el humillado.

–No te mato si cargas el animal hasta el pueblo.

–Así será, patroncito, mándiste nomá.

Esa noche, el policía, después de esposar a Timoteo por miedo a ser atacado, se quedó junto a su presa en la tarima de Timoteo y éste afuera de la cabaña. Y al siguiente día llegó hasta el pueblo de arriba con Timoteo venado al hombro. Y mientras tanto llegaban por la cabaña dos familiares del desaparecido, y al encontrar la linterna de mano en la ventanita de la vivienda rompieron el endeble candado y buscaron dentro del cuartito, en un rincón encontraron los zapatos y la ropa del difunto y con la evidencia se encaminaron hasta el pueblo. Timoteo ya bajaba de regreso y tropezó con ellos, y después de charlas y preguntas Timoteo aseguró haber comido al dueño de esas prendas de vestir. Al siguiente día los dos familiares más dos policías llegaron hasta la cabaña y apresaron a Timoteo, le pusieron esposas y lo ataron y encima lo arriaron a golpes. Y luego del atestado policial lo cargaron en el asiento posterior de la camioneta para ponerlo a disposición del Juez, era la primera vez que subía a un vehículo, apenas avanzaron un kilómetro y empezó a vomitar, asqueados por el incidente los policías esposaron a Timoteo en la barandilla de la tolva de la camioneta, y llegó hasta el Penal envuelto en su propia bazofia sin contemplación alguna. El caso se ventiló en la Corte Superior y el Fiscal se dirigió al reo.

–Este hombre que ven aquí, aparentemente inocente, mató con premeditación ventaja y alevosía al comerciante Antonio Aguilar Sarmiento y se ensaño fileteando el cadáver para luego comérselo.

–No soy inocente, ¡yo lo maté pero con un cuchillo, no con lo que usted dice!, además no se llamaba Antonio Aguilar, se llamaba Pablo Centurión.

–¿Cómo era Pablo Centurión?.

–Vivo era bromista, pequeño y gordiflón. Muerto, era serio, estirao y desinflao.

–¿Porqué lo mataste?.

–Porque me iba a matar.

–¿Porqué te iba a matar?.

–¿Porque tanto me pregunta si ya dije que lo maté o quiere que diga que no lo maté?.

–Lo mataste y luego lo comiste, ¿porqué?.

–Lo maté y lo comimos porque teníamos hambre, los tres, yo, el perro y el policía.

–¿Porqué crees que te iba a matar?.

–Porque tenía el arma como esas que andan los policías en su cintura, sólo que ésta era de oro, yo escondí el arma en un hueco de la casita.

Qué difícil resultó resolver aquel caso. El homicida confesó el crimen con lujo de detalles, se hizo la reconstrucción, tal y como, Timoteo quitó la piedra para extraer el revólver y crucifijo, pero habían desaparecido. El caso se tuvo que archivar por falta de pruebas. Timoteo salió libre por exceso de carcelería después de muchas sesiones, preguntas y repreguntas, durante siete años. Lo que parecía un caso simple se complicó, las investigaciones pusieron al descubierto que el desaparecido era un comerciante intermediario de pasta básica de cocaína que recién había salido del Penal de Cambio Puente con libertad condicional, que había tomado el bus en el terminal terrestre del litoral rumbo a la sierra para comprar ganado, y que se había bajado en una estación en las estribaciones de la sierra, justamente en una casita al borde de la carretera arriba del río Tablachaca y a eso de las nueve de la noche del martes 13 de diciembre, por lo tanto tenía que haber descendido hasta la cabaña de Timoteo en horas de la noche. Contradictoriamente Timoteo afirmaba que el hombre que mató había ascendido hasta su cabaña después de cruzar el río en horas de la tarde de un día que no sabía reconocer que día era, y lo había matado a la luz de la luna y en la madrugada del siguiente día "era de madrugada porque Motoso temblaba de frío". Se concluyó que el desaparecido había planeado su propia desaparición para huir de la justicia cambiando de identidad y posiblemente de nacionalidad, resultando acusados de asociación ilícita para delinquir los dos familiares del desaparecido, ¿y cómo no así, si el muerto había desaparecido por completo salvo sus prendas de vestir?. Perro y amo tuvieron una semana de comilona a todo dar, las últimas cecinas se las había comido el policía, y el perro enterró los huesos por allá, por donde ningún humano se atrevía a llegar por temor a ser sepultado, allá en el terreno mullido, atormentado y deleznable del borde de la quebrada, para roerlos después, cuando el hambre lo exigiera, y después ni el mismo los encontró.

No había modo de tipificar el delito del espeluznante crimen confesado por

Timoteo, como tampoco había modo de justificar el delito de asociación ilícita para delinquir.

Para Timoteo la vida en el penal era más atractiva que todos los días de su anterior existencia, no saldría de ahí ni por san puta, volvería a matar ahí mismo y delante de muchos testigos para quedarse, ahí dejó los llanques por los zapatos, el sombrero por la cachucha, los pantalones y chaquetas de lana por los de estilo vaquero, la faja por el cinturón y la nada por el calzoncillo. Ahí pudo diferenciar billetes naciones y extranjeros, auténticos y falsos, ahí por primera vez la radio y televisión, la luz eléctrica y el agua en cañería. Pero tenía algo más importante que hacer, más importante que la buena vida que llevaba en el penal y se perfeccionó en el uso del puñal. La buena conducta que observó en el Penal le venía por naturaleza, seguía siendo simplemente el hombre que no sabía qué era bueno ni qué era malo para los demás, pero sí sabía qué era bueno para él, y para él lo mejor que tuvo fue su hijo, su hijo de ocho años.

Así que por el hijo quería regresar hasta la puna dónde había quedado su mujer, y regresó. Pasó por la rivera del Tablachaca y en un descuido del nuevo pastor desenterró el dinero y lo camufló entre sus ropas. Se encaminó hasta la puna, tomó todas las precauciones y empezó a vigilarla mientras el viento silbaba entre las pajillas, esta vez no fallaría, los sorprendería. Esperó pacientemente y llegó el comerciante, pasó hasta la choza con la remeza y las golosinas de la hembra. Timoteo se fue acercando, los quejidos de la hembra traspasaban la muralla tejida con piedras y champas. ¡Irrumpió el vengador!, le clavó una puñalada en la espalda al jadeante y a ella una en el pecho, y él se echó encima de los dos con las manos apretando el cuello de la mujer. Cuando los cuerpos empezaron a enfriarse se sentó sobre el cuyero y se echó la armada, miró hacia arriba a las enmarañadas pajillas del techo, escarbó con su mano derecha y extrajo la pequeña botella de cocacola, la bebida preferida de su hijo de ocho años. El comerciante siempre le llevaba una de regalo para que atisbara circundando la laguna y volviera con la noticia de que si había o no truchas y en qué parte, mientras Timoteo pastoreaba el ganado a medio kilómetro arriba de la choza. Tan pronto el niño volvía hasta la choza con la noticia, tan pronto regresaba en compañía del comerciante hasta la laguna y los dos se ponían a pescar en los lugares que el niño indicaba, y así se pasaban un gran día sellándolo con unas truchas fritas a eso de las cuatro de la tarde, y había truchas por montones.

Un día el pequeño hizo el recorrido en menor tiempo que el previsto, y al regresar a la choza encontró a su madre quejándose debajo del comerciante, el niño pateó los tobillos del jadeante y lo amenazó con hacerlo saber a su padre, y la madre sentenció.

–Si lo haces el patrón no te traerá más cocacolas.

El niño calló, y agregó.

–Pero no vuelvas a pegarle a mi mama.

–El patrón dice que te traerá dos cocacolas –agregó la madre

–Eso –dijo el patrón– una la tomas mientras caminas por el entorno de la laguna, no vayas corriendo porque las truchas se pueden asustar, y la otra la tomas después, cuando tú quieras.

Y así fue, la siguiente quincena el patrón llegó con dos cocacolas más una bolsa de caramelos que el niño festejó con incesantes elogios al patrón.

–Esta botella te la tomas hoy –dijo el patrón– y esta otra, con los caramelos, guárdala para después.

El comerciante repitió su jarana amorosa y se marchó sin esperar al niño para salir de pesca. El niño se puso muy triste, esa tarde no compartiría con el patrón los chocolates rellenos mientras pescaran, esa tarde no habría truchas fritas, pero, luego sonrío porque tenía otra cocacola y una bolsa de caramelos para disfrutarlos, y sin pensarlo dos veces el niño empezó chupando los caramelos y luego rumiándolos, y antes que llegara Timoteo, su padre, destapó la pequeña cocacola y se tomó buena parte de ella para luego esconderla bajo su cama, y tan pronto la escondió empezó a gritar como loco, que sus gritos estremecían las montañas, la madre se quedó petrificada, Timoteo llegó para atender al pequeño, pero entonces espumaba y tenía el cutis morado, ¡y se moría!. Al siguiente día Timoteo encontró la botella bajo la cama del niño junto a media bolsa de caramelos, la olfateó, era repugnante, tenía el olor del insecticida que usaban para combatir las garrapatas de las ovejas, cautelosamente escondió la botella entre el enmarañado de pajas del techo, y ahora la sujetaba. La destapó, abrió la boca de la mujer y la llenó con el líquido, luego se dirigió a la cama que antes era de su hijo y ahora de otro niño, y extrajo otra cocacola, la destapó, la olió, y, ¡estaba envenenada!. La vació completamente en la boca de la mujer, y salió corriendo al encuentro del niño aquel otro hijo de la mujer, lo encontró volteando la laguna, le entregó siete cocacolas que llevaba en su mochila y se encaminó rumbo a la tumba de su hijo sin prisas ni nada, después se entregaría a la justicia en el mismo Penal, llevándose con él las caricias de su hijo que eran como la suave y limpia brisa de la puna susurrándole al oído. Quitó una a una las piedras de la camuflada entrada a la cueva y destapó la tumba de su hijo, cuidadosamente fue quitando la cal, capa por capa, separando y sacudiendo las ropitas y los ponchos. Por fin había terminado, ahí la momia sonriente, ahí la cabeza y patas de la oveja completamente secas, con mucho cuidado levantó entre sus brazos a la momia y la apretó en su pechó con la cabeza pegada a su oído, lloró mientras la tenía y con ella en abrazos se acostó junto a la tumba y se quedó dormido hasta el siguiente día. Cuando las guachuas surcaban la laguna y los cielos las avecillas festejando los primeros rayos de sol, vistió al deshidratado cuerpo de su hijo con las ropillas para luego envolverlo con los ponchos y finalmente apretujarlos con la faja, sacudió el pellejo y retiró la base de cal, esparció hojas de coca en la base de la tumba y sobre ellas extendió el pellejo, sobre el pellejo colocó con sutileza la pequeña momia, a su costado derecho colocó la cabeza y patas secas de la oveja. De su mochila extrajo chocolates, una cocacola y otras golosinas, y las colocó a la izquierda de la momia, habló entre sus narices por media hora y comenzó a sellar la tumba, cuando terminó de sellarla tapó camufladamente la entrada de la cueva y se marchó rumbo al Penal de Cambio Puente.

Sonreía porque el Penal le había dado una vida mucho mejor que aquella que llevaba en la puna, mucho mejor que aquella que llevaba en la rivera del Tablachaca, y lloraba, sonreía y lloraba, lloraba porque se alejaba de su hijo, quién podría entenderlo, era un hombre tan distinto, tan diferente a todos, tan sabio como idiota, tan loco como cuerdo, era todo y era nada, y no obstante preferir las fáciles migajas de la esclavitud al difícil pan de la libertad, era él.

Durante el trayecto en el bus, Timoteo seguía sumergido en sus recuerdos. Sintió mucha rabia en aquel momento en que descubrió la pequeña cocacola envenenada que dio cuenta de la vida de su inocente hijo, entonces cogió el cuchillo para victimar a su mujer, pero, ahí estaba su hijo, y aunque ya muerto,

¿porqué tendría que presenciar aquella venganza?. Cubrió cuidadosamente al pequeño y esperó el nuevo día. Con el cuchillo aquél degolló a la mejor oveja de la manada, era la primera vez que por iniciativa propia degollaba una oveja del patrón, la pishtó y en el pellejo fresco cuidadosamente extendido depositó una pierna de la oveja, y junto a ella la cabeza y las cuatro patitas del animal, las envolvió y, ¡y acomodó su quipe personal!, con el talego de coca bien compacto, el más grande, el de las largas caminatas, y al costado de todo acomodó al pequeño niño envuelto, muy cuidadosamente, con una colorida faja de lana de tres metros. Cargó el burro del patrón con la barreta y la lampa, la olla y los molidos, un par de ponchos muy raídos y encima de todo lo que envolvió en el pellejo. Y marchó hacia arriba con el viento silbando entre los ichos, hasta lo más alto de la caliza montaña y se hospedó en una cueva. Al siguiente día bajó algunos metros hasta una depresión por la que fluía un hilo de agua y con la lampa construyó un pequeño pozo, al costado de éste amontonó muchas piedras caliza para construir con ellas un cono truncado con una pequeña abertura pegada al suelo, y lo rellenó con carcas de vaca, tantas como el relleno lo pedía, que tuvo que recorrer centenares de metros a la redonda para conseguirlas, las prendió fuego cuando el sol se ocultaba y se sentó para echarse un bolo mientras cocinaba su única comida del día con la pierna de la oveja, después de comer al calor de la hoguera se quedó dormido. Los primeros rayos de sol abrigaban las faldas orientales del cerro y curiosas vizcachas retornaban a sus madrigueras, la tarea de Timoteo aún no concluía, se incorporó estirándose, miró las calcinadas y blanquecinas piedras y después de evacuar las cenizas por la pequeña abertura de la base, cogió la olla, la llenó con agua y la esparció sobre las piedras, y repitió la acción hasta quedar complacido. Y entonces tenía cal. Subió hasta la cueva y en ella excavó una tumba, la encofró con selectas piedras, en la base depositó una capa de cal que cargó desde su improvisado horno, sobre ella colocó el pellejo de oveja y al costado la cabeza y las cuatro patas y en seguida extendió otra capa de cal, esparció hojas de coca sobre aquella capa, extendió uno de los ponchos sobre ella, y sobre él depositó el cuerpo desnudo de su pequeño hijo, sobre el cuerpo sus ropitas y la faja, y sobre todo extendió el otro poncho. Luego se echó la armada y mientras rumiaba las hojas de coca, a manera de conversación, reprodujo la vida del pequeño, desde que nació, ¡qué, desde que nació!, desde antes, desde que tu mama resultara preñada. Tenía muchos antojos, pedía muchas golosinas, muchas cocacolas, y por eso te gustaban tanto, yo no tenía para comprarlas pero ahí estaba el patrón, tenía una gran tienda en el pueblo, llegaba quincenalmente a la choza y le contamos de esos antojos. ¡Él nos traía, pue!, religiosamente como buen cristiano, como buen patrón, ¡y nacistes!, gracias a él en el hospital del pueblo, entre camas muy blancas que olían a patrón, y así poco a poco se fue adueñando de tu mama y de ti. Yo nunca tuve dinero, un día te cogí en mis brazos y a ella le pedí que me siguiera, pero no, no me siguió se fue hasta el pueblo y me denunció. Aquí pasé una semana contigo hasta que llegó tu mama con el patrón y dos policías, a mí me llevaron para encerrarme, me dijeron que de ese cuarto no me sacarían nunca. Quiero estar junto a mí hijo, les dije, entonces machucaron mi dedo sobre un papel y me dijeron:

"Regresa con tu mujer y tu hijo y no vuelvas a escaparte con el niño porque si lo haces te matamos".

Timoteo empezó a llorar al evocar aquello, en ahogado llanto, quería gritar pero no podía, empezó a lanzar maldiciones entrecortadas, esa quincena, después del funeral se vengaría, se nutrió con esa idea y continuó con el funeral depositando una última y gruesa capa de cal, selló la tumba con anchas piedras, sobre ellas echó tierra, y piedras, y tierra hasta anular la pequeña cueva, y entonces ya, y ahora listo para vengarse, primero ella y después él, pero él llegó acompañado por su familia, y ella no murió aquella vez, pero ahora sí, ¡y los dos!. Su rostro sonrío mientras el chofer del bus accionaba la bocina. Los dejó bien muertos sobre la cama, pero otro niño tenía la sinvergüenza y otro marido para cuidar las ovejas del patrón, ¿será del nuevo pastor o del comerciante ese?, no importa, lo importante es que el niño vive, tiene que vivir porque es niño, los que podían matarlo ya están bien muertos. Ya sé, culparán al nuevo pastor la muerte de los sinvergüenzas, pero para eso estoy vivo, confesaré todo, y ese infortunado hombre que ocupó mi lugar podrá ser feliz junto a ese alegre niño, tan alegre y conversador como mi Timotito, corriendo por la vuelta de la laguna con esa cocacola en la mano. Hubiera sido el último día de su vida si yo no llegaba, pobre niño, le di las siete botellas de las ocho que llevaba para la tumba de mi hijo, una por cada añito que tenía. Y le dio al pequeño las siete botellas mientras el hombre que pastoreaba el ganado estaba arriba, observando todo, con un cuchillo en la mano y detrás de esa misma piedra que antes observaba Timoteo, sudando frío y lleno de rabia por la impotencia de su pobreza.

El bus se detuvo bruscamente, luego de la bocina, y con el motor en neutro el chofer aceleró escandalosamente, conforme acostumbraba hacerlo frente a esa casita al filo de la carretera donde siempre se estacionaba un momento, la casita aquella en la que una agraciada mujer expendía lo más indispensable para comer y apagar la sed. Timoteo habló protestando por aquella maniobra:

—¡La putasumadre! —así dijo, por primera vez, se lo había aprendido en el penal.

—¡Mí tío cocacolas! —se escuchó a todo pulmón la voz de un niño.

Timoteo tropezó con la mirada de ese niño tan alegre y conversador como su Timotito, iba en el mismo bus junto a su padre, el pastor aquel que ocupó el lugar de Timoteo y ahora se marchaba a la costa en busca de un nuevo empleo, y como si previamente se hubiesen puesto de acuerdo los tres bajaron del bus por un momento. ¡Y ahí estaba él con el celular pegado a la oreja!, con la camisa deliberadamente desabotonada para que se notara el imponente y peculiar crucifijo de oro, y además el rutilante revólver en su cintura con las SS del clan, claro que era él. ¡Es Pablo!, pensó Timoteo, ¡no puede ser!, ¿estoy o estuve soñando?, pero, no era sueño, era Pablo Centurión el chacotero gordiflón, ahora elegantemente vestido, que había estacionado su tremenda camioneta en aquella estación para depositar un paquete, y luego que lo hizo reconoció a Timoteo y nerviosamente eludió su mirada para subir a su camioneta y arrancar.

– ¡Mujer venga la muerte de su hijo seduciendo a su victimario patrón! – exclamó el escandaloso chofer del bus leyendo en muy alta voz un diario que le acababa de entregar la mujer de esa casita –, le clava el puñal por la espalda mientras lo tiene encima, luego ella se clava otro y para asegurase traga veneno con cocacola. La heroína venga de esta manera la muerte de su pequeño hijo que ocho años atrás fue envenenado por su patrón. A una semana del incidente las madres de todo el país se han convocado en la Plaza Mayor de Lima para pedir al Gobierno se declare madre heroica de todas las madres a Timorata Ponte Piccho y se erija un monumento en su memoria....

El bus reinició el descenso y Timoteo, muy ensimismado, tratando de ignorar esa noticia y con la mirada perdida en la triangulada ladera, recordaba su primer crimen, el paquete con la pasta y los billetes, el revólver, el crucifijo y la potente linterna, y aquel hombre que maté no era tan pequeño ni tan gordo como éste, era estirado y desinflado, pero con buena ropa como éste, y éste llevaba entonces ropa de pobre, ¿pero qué pudo haber pasado aquella noche si yo no estaba dormido y él sí?.